VERLAG ANTJE
KUNSTMANN

MORITZ HÜRTGEN

ANGST

VOR LYRIK

Mit Bildern von Leo Riegel

Verlag Antje Kunstmann

Für Lisa und Fritzi

ZUM GELEIT

Angst vor Terror, Krebs und Spinnen.
Angst, das Schreiben zu beginnen.
Angst vor einem weißen Blatt,
Angst des Dorfdepps vor der Stadt.

Fürchtet Mörder und Ganoven,
Fürchtet Schlaue wie die Doofen.
Doch wer fürchtet, der vergisst,
Dass die Angst am schlimmsten frisst,
Wenn es Angst vor Lyrik ist.

ANGST VOR…

... DEM VERSAGEN

Schlips und Kleid, da sitzen sie,
Nur um mir zu lauschen.
Hände weich und Zitterknie.
Will wer mit mir tauschen?

Himmel hilf! Es ist so weit,
Später feines Essen.
Leute, ich bin nicht bereit,
Hab den Text vergessen.

Mama! Papa! Oma! Ihr
Seht mich doch verzagen.
Heiligabend, ich bin vier –
Angst vor dem Verssagen!

... DEM FLIEGEN

Nach Kontrolle
In die volle
Röhre mit den vielen Plätzen.
Dort mit Grauen
Zeug verstauen
Und sich auf sein Plätzchen setzen.

Ewig warten,
Endlich starten,
Niemand zieht noch eine Miene.
Draußen Regen,
Nicht bewegen,
Kräftig wummert die Turbine.

Bald ein Knallen!
Kreisch, wir fallen!
Durch das Fenster schlagen Flammen.
Beten, büßen,
Liebste grüßen.
Schnurstracks in den Boden rammen.

… MUTTER

Mutter, als ich vor dem Sarg
Weinte »Du sollst wiederkommen!«,
Hast du mich, sei mir nicht gram,
Leider viel zu ernst genommen.

Mutter, schrei doch nicht so arg!
Ja, ich werd dich immer lieben.
Warum bist du – Ich? Infam? –
Nicht im Totenreich geblieben?

Mutter, tut mir leid, du riechst.
Nein, du wirst nie mehr genesen.
Bitte, so begreife doch:
Du bist tot und am Verwesen.

Wie du hier als Zombie kriechst –
Untot bist du ungelogen.
Huch, wer klopft? Sag, hast du noch
Vater aus dem Grab gezogen?

... VATER

Wenn du schläfst in tiefer Nacht,
Wird er in die Küche schleichen
Und im Dunkeln heimlich dann
Toast in Schokomilch einweichen.

Vater schmatzt und Vater lacht
Und er denkt sich, seinesgleichen
Wären vielviel besser dran,
Wären Frau und Kinder Leichen.

Lies die Zeitung! Jeden Tag
Tun sie's nüchtern wie betrunken.
Niemals planlos und naiv,
Alle Väter: Mordshalunken.

Bis ein Vater meucheln mag,
Braucht es oft nur einen Funken.
Manchmal reicht schon als Motiv:
Toast in Schokomilch eintunken.

... KINDERN

Die da sabbernd vorwärtskriechen ...
... wollen in dein Schlafgemach,
Weil sie ständig fiebernd siechen.
... heißen Mäx- oder Mariechen,
Ihre Zähnchen wachsen. Nach
Ein paar Jahren ziehn sie aus,
Dann falln dir die Beißer raus.

... GESPENSTERN

Sie kommen niemals schon zur Geisterstunde,
Um zwölf schläft heutzutage keine Sau.
Da macht dein alter Nachbar noch die Runde
Mit seinem Hund, und der macht fröhlich Wau.

Um vier jedoch, da geht kein Köter kacken,
Nur du wirst wach und musst mal pinkeln gehn.
Auf halbem Weg streift kalt was deine Hacken,
Du schrickst herum und kannst Gespenster sehn:

Sie tanzen stumm in bleichen Leichenhemden,
Aus toten Augen starrend um dein Bett.
Dass du dich einnässt, merkst du mit Befremden.

Du stolperst nasskalt bibbernd aufs Klosett,
Schließt drin die Tür und prüfst dreimal den Riegel,
Blickst auf – und siehst sie hinter dir im Spiegel.

… ÜBERFREMDUNG

Noten schneiden schwüle Luft,
Fremde Zungen murmeln Sprüche.
Finster wird's, bizarrer Duft
Kriecht aus irgendeiner Küche.

Süßlich-herb – so riecht der Tod,
Und bald werden sie dich würzen.
Deine kleine Stadt, sie droht,
Nachts ins Chaos umzustürzen.

Sperr dich ein, o deutscher Christ!
Mach das Licht aus, geh zu Bette.
Morgens, wenn du sicher bist,
Wecken dich die Minarette.

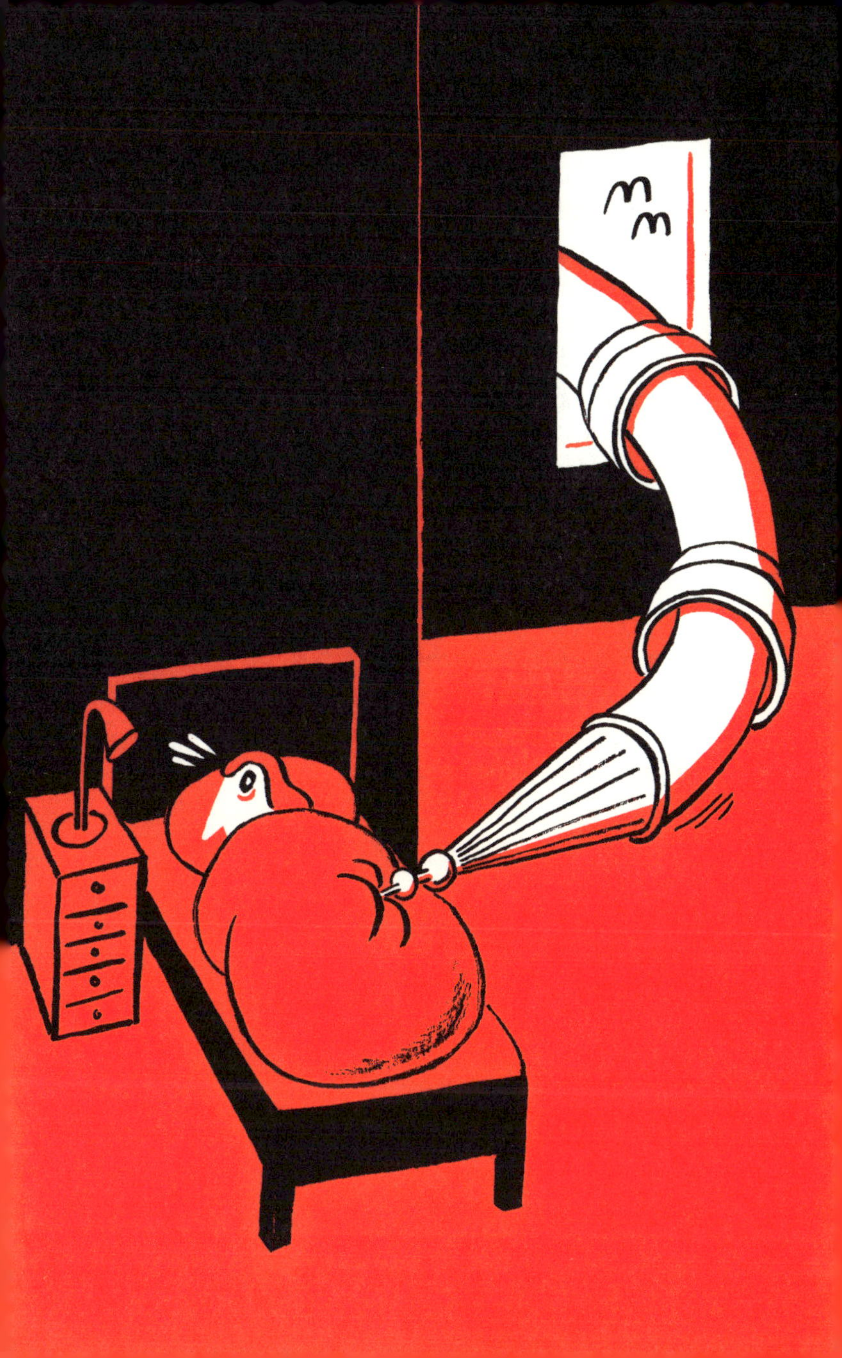

… MENSCHENMASSEN

Fußballspiele, Rockkonzerte,
Marsch für irgendwelche Werte,
Flashmob oder Prozession,
Taufe, Firmung, Kommunion,

Modemessen, Rockertreffen,
Swingerclub bei Kim und Steffen,
Tupperparty, 1. Mai,
Schnupperkurs für Malerei,

Morgens in Berufsverkehren,
Kirmes, Fischmarkt, Autofähren –
Alles hab ich ausprobiert,
Nichts hat mich interessiert.

… BESUCH

Es kommt Besuch,
Ich hab nichts da.
Kaffee nicht, Kuch-
en fehlt auch, klar.

Jetzt muss ich raus
Zum Supermarkt.
Wer hält das aus
Ohne Infarkt?

Ach guck, die Bar
Hat zwölfs schon auf.
Besuch kann war-
ten und ich sauf.

... TERROR

Was, wenn die Terroristen kommen?
Dann wird hier bald in Blut geschwommen!
Dann wird erstochen und gehängt,
Wohl auch erdrosselt und gesprengt.

Weh! Wenn die Terrorbuben wüten,
Dann hilft nicht Atmen in die Tüten.
Und wenn du denkst, es sei vorbei,
Kommt einer, säbelt dich entzwei!

Bald wird der Terror uns erschießen –
Soweit die News, doch jetzt genießen
Sie noch das Wetter: Hochdruck, blau
Der Himmel! Ihre Tagesschau.

... HER UND DANACH

Die Angst davor ist immer groß:
Was wird gleich nur passieren?
Im Hals der Kloß,
Herz in der Hos,
Im Hirnkastl die Frage bloß:
Wie werd ich mich blamieren?

Die Angst danach ist niemals klein:
Was ist da nur geschehen?
Das darf nicht sein,
O nein, o nein!
Wie ist das peinlich! Weh! Die Pein!
Ich hab's ja kommen sehen.

… SPINNEN

Diese haben acht der Beine.
Willst du flüchten, streiken deine.

Diese haben Kieferklauen.
Du kannst panisch um dich hauen.

Diese haben Gift und Seide.
Hilflos wirst du bleich wie Kreide.

Diese flüstern Dinge wie:
»Dai ne kas Se zaltir di
Konn Fronn tha Tions the Ra pie.«

… LANGEN WÖRTERN

Alle kurzen Wörter von
Unter oder gleich
Sieben Lettern kann man schon
Ganz gut lesen. Reich-
En die sieben einmal nicht,
Trifft mich gleich der Schlag!
Reihen lange Wörter sich,
Ist's, was ich nicht mag.
Chemnit wär der chönste Ort,
Käme da kein Z.
Sieben Lettern max. pro Wort –
Tanke, das wär nett.

... STRAHLUNG

»Wenn die Zahl der Qualen groß ist,
Erhöhen Sie die Strahlendosis.«

aus: »Bauernregeln für Landärzte«, Brunftmann Verlag, 1961.

... KREBS

Das Muttermal ist abgecheckt,
Der Darm ist fein gespiegelt.
Beim Hirnscan stört kein schwarzer Fleck,
Der Tod ist nicht besiegelt.

Solang die Mutter Male sind
Und keine prallen Beulen,
Muss niemand beim Befund des Spint-
kernomographens (?) heulen.

Den ganzen Korpus abgesucht,
Vom Kopf bis zu den Füßen –
Am Ende steckt der Krebs, verflucht!
In irgendwelchen Drüsen.

… LÖCHERN

Der Anblick vieler kleiner Löcher
Schürt in mir Ängste noch und nöcher,

Denn jedes dieser Kleinstgebilde
Führt, denk ich, Furchtbares im Schilde.

Aus 1 wähn ich zig Augen schauen,
Im zweiten drin ein Tier mit Klauen.

In 3 ahn ich ein grünes Schimmern,
Es scheint aus einem Haus mit Zimmern,

In denen schillernd Sphären schweben,
Die sich leicht senken und leicht heben.

Und Würmer, die dies Haus bewohnen,
Betreten durch sie Dimensionen,

Die wir nicht kennen, und die führen
Wie x Milliarden kleine Türen

In Galaxien noch und nöcher
Sowie in meine Nasenlöcher!

… ABGRÜNDEN

Wer zu lang in den Abgrund blickt,
Wird sehr tief in sich sehen.
Nein!

Wer zu oft in den Abgrund spickt,
Wird kläglich untergehen.
Nein!

Man blickt erst links und dann nach rex
Vorm in den Abgrund springen.
Nein!

Und dreimal falsch macht Note 6!
Das könnt ihr doch nicht bringen!
Warum?

Weil Nietzsche wird hier so zitiert:
»Beim in den Abgrund blicken …
… ähhhh … sollt ihr – das sei memoriert! –
Euch allesamt mal ficken!«

... SICH SELBST

Ich hab mit Augen schwarz geschminkt
Auf Friedhöfen geschlafen.
Ich lief bei Vollmond blökend rum
Im Wolljäckchen aus Schafen.

Den Mädchen hab ich zugewinkt,
Ich stand allein im Garten
Vorm alten Sanatorium.
Sie waren drin und starrten

Raus. Aus der Ruhe bringt mich nichts
So leicht, nur eine Sache
Sorgt dafür, dass ich ab und an
Vom eignen Schrein aufwache:

Vorm eignen Schrein, heißt: angesichts
Der eignen Spiegelungen,
Erkenne ich im großen Mann
Den hilflos-kleinen Jungen.

... DEM GENDERWAHN

»O liebe Leute, hört mich an!
Ich: Ede, deutsch, Ü50, Mann.

Das ganze Land, es ist von Sinnen,
Schuld sind die Linksfaschist- äh: Innen.

Mit Binnen-i und Männerdutt
Haun sie die deutsche Sprache putt.

Sie wolln aus Müttern Start-ups machen
Und noch ein drittes Klo – zum Lachen!

Sie fordern volle Inklusion,
Für alles außer der Nation.

Gefahr droht von den linken Rändern,
Dort droht ein Mob, uns wegzugendern.

Wenn wir nicht schweigen, gibt es Stress,
Die machen fair uns den Prozess!

Das war sie, meine Büttenrede.
Helau, heil Hitler, euer Ede.«

… DEM EINSCHLAFEN

Zehn Tassen Cola trinke ich,
Den Drecksack Sandmann winke ich
Vorbei, er soll woanders streuen.
Ich wache bis zum Morgengräuen.

Weil's in mir drin nicht gut ausschaut,
Es mir vor meiner Traumwelt graut,
Zähl ich von 1 bis 100 Schafen,
Ganz ohne dabei einzuchrrrrrrrrrrrr…

… DEM AUFWACHEN

Auf weichen Wölkchen schlummer ich
Und kenne keinen Kummer nich.
Ich bin dabei, mich aufzulösen,
Bin komatös, will weiterdösen

Bis morgen oder nächstes Jahr.
Und schweb ich zu sehr in Gefahr,
So geht mir bloß nicht auf den Wecker
Und zieht mir einfach flink den Stecker.

... TEMPOLIMITS

Ich war ein Kind, bis ich ihn endlich hatte,
Ein Bub wird Mann erst mit dem Führerschein.
Mein Fahrlehrer saß da mit prächt'ger Latte:
Noch keiner parkte rückwärts so schön ein.

Heut fahr ich Porsche 9-1-1 Carreren
Und auch Z-Sex bis 8 von BMW.
Ich werde mich mit tausend Pferden wehren,
Wenn einer »Langsam« ruft und »Verboté«.

Ich fahre flott, ich kann es kontrollieren,
Auch Damen schätzen meinen strammen Stil.
Ich seh nicht ein, mich für ihn zu genieren.

Einmal in Fahrt, komm ich sehr schnell ans Ziel.
Und im Verkehr kommt's nicht auf Länge an!
Ich fahre wie ein vollständiger Mann.

… EIFERSUCHT

Kein Reim von Schiller oder Goethe
Ist deiner, Darling, würdig.

Du fragst, was ich dir denn so böte –
Dir alles bieten würd ich.

Ob ich auch deinen Lover töte?
Na klar, den Arsch erwürg ich!

... DEM HERBST

Noch hängse oben aufm Baum,
Doch oben bleibense mitnichten:
Die Blätter rot un gelb un braun –
Warum tut DAS keiner bedichten?!

Die Frühlingsdichter sagen nix,
Kein Herbstlob un auch nix zu kritteln.
Jetzt muss ich Arsch den Herbst, verflixt!
Bereim mit mein bescheidnen Mitteln.

Ich sach ma: Sind die Blätter rot,
Dann wird mir bisken flau im Magen
Vonne Vergänglichkeit, vom Tod –
Ich glaub, ouh Mann, so kann man's sagen.

… ALKOHOL

Beim letzten Schluck zieht es vorbei:
Das ganze Säuferleben.
Am Anfang saß man halt dabei,
Probierte mal, blieb kleben.

Ein Sektchen auf den Führerschein,
Ein Bier auf den Magister,
Und auf das erste Töchterlein
Gab's Wein aus dem Kanister.

Ein Schlückchen half bei Stress im Job,
Ein Fläschchen auf der Reise.
Ein Kasten und man fühlt sich top,
Noch eben ging es scheiße.

Und irgendwann gab's immer mehr
An Scheiße zu ertränken.
Bald fiel auch noch das Essen schwer,
Da konnte man sich's schenken.

Die Backen gelb, die Augen auch.
Kein Mensch kann das ertragen.
Und furchtbar blähte sich der Bauch,
Ein Messer schnitt den Magen.

Man litt noch ewig wie ein Schwein,
Erinnerung wird blasser.
Am Bett steht's große Töchterlein
Und reicht zum Abschied: Wasser.

... POPMUSIK

Wenn ich mal einen Popsong schriebe,
Dann freilich über Leid und Liebe.
Zu einem herrlich seichten Klang
Gäb's Nananas zwei Strophen lang,

Denn Tiefgang würde ich vermeiden,
Es ging ums Lieben, Lachen, Leiden
Und Lust und Liebe, Liebe pur!
Ein kleines, nettes Lied in Dur.

Hört ihr halt Jazzmusik zum Swingen,
Ich will von Leid und Liebe singen.
Wär gerne selbstbewusst naiv,
Doch leider singe ich sehr schief.

… PRÜFUNGEN

Fakt ist, wenn du nicht bestehst,
Musst du von der Schule gehen,
Und die Uni wirst du nie,
Nie, niemals von innen sehen.

Kind, egal, wie du auch flehst,
Du wirst keinen Abschluss kriegen
Und danach mit Garantie
Auf die schiefe Bahn abbiegen.

Fakt ist, wenn du's aber packst –
Ach! Du sollst die Wahrheit wissen:
Uni, Job und Chancen sind
Kein Stück weniger beschissen.

Wo du jetzt zusammensackst,
Lass den Trost an deine Ohren:
Bis zur Prüfung bist du, Kind,
Nicht im Arsch, noch nicht verloren.

… DEM ATOMKRIEG

Es geht, mein Herr, hier um Vertrauen,
Sie kennen mich schon lang.
Ich würd doch nie die Bombe bauen!
Ich hab gar nicht den Drang.

Sie können gern im Garten schauen.
Jetzt kommse! Nur nich bang!
Wollt ich Sie in die Pfanne hauen,
Wür'n Sie sich eine fang'.

Jedoch Atom- … Halt! Hierjeblieben!
Wo schnüffeln Sie da rum?
Da steht doch jroß »Kompost« jeschrieben!
Was heißt Plutonium?!

Dit is, Herr Schutzmann, übertrieben!
Ick haltse nich für dumm!
Na jut! Hier hamse tausend Piepen,
Dann bleimse aber stumm.

… SEX

Es kann beim Sex so viel passieren:
Man kann sich böse infizieren,
Man kann enttäuschen und versagen
Und falsche Unterwäsche tragen.

Nicht schlimm! Doch Sex kann Horror werden,
Zur allergrößten Qual auf Erden.
Erst wenn's zu spät ist, merkt man dann,
Wie furchtbar fies es kitzeln kann.

… DEM INTERNET

Dass ich mal pro Familie war…
Heut hass ich die Verwandten!
Vor Facebook kamen wir gut klar,
Weil wir uns fast nicht kannten.

Dass ich mal Freunde sehr geliebt…
Wir feierten durch Nächte.
Im Chatroom haben sie's versiebt,
O wie ich sie nun ächte!

Dass ich je Selbstachtung besaß…
Doch dann kam ein Provider.
Er schloss mich an, kurz hielt der Spaß,
Bald war ich Troll, tja, leider!

… KONSERVATIVEN

Jung hasst du sie aufs Blut aus vollem Herzen.
Sie kamen schon als Rentner auf die Welt
Und haben Zeit, und Zeit ist gleich Sesterzen
(So sagte man ganz früher für sein Geld).

Sie müssen sich im Leben nie verbiegen,
Weil sie am Anfang schon am Ende sind.
Doch dein Idealismus wird erliegen.
Und wenn's passiert, geschieht es ganz geschwind:

Gesagtes wird dir gönnerhaft vergeben,
Sie warteten die ganze Zeit auf dich.
Du überkompensierst, musst fortan leben
Als Toter, als ihr Fürst von Metternich.

... ENGEN RÄUMEN

Nicht verwechseln:
Die Kellerlöcherallergie
Heißt im Jargon: **Klaustrophobie.**
Neigt man im Kellerloch zum Spiel,
Ist man nach Fritzl: **austrophil**.

... ERWARTUNGEN

»Mach Abi!«, wurde mir gesagt,
Ich tat's mit mauen Noten.
Ins Studium wurd ich reingeklagt,
Und Lümmeln war verboten.

Ein Altbau wurde eingekauft,
Ich sollte ihn bewohnen.
Der Benz wurde nach mir getauft:
»Bub, fahr, es muss sich lohnen.«

Die Co. KG gehört mir schon,
So wollten es die Alten.
Ich hör sie mit dem Erbe drohn:
»Bald musst du es verwalten!«

… DER POLIZEI

Lügen haben kurze Reime
So wie alle Bullenschweime*

**Bitte nicht verhaften.*

... CLOWNS

Klassiker: der böse Penny-
Weiß die Stirn und rot der Mund.
Kinder machen Flenni-flenni,
Und sie tun's mit gutem Grund.

Seine Zähne sind die spitzen,
Die klein Georgies Arm abreißen.
Wer ihn sieht, kann a) wegflitzen
b) sich in die Hose scheißen.

Immer hungrig, niemals satt,
Böse ist es, dieses Wesen.
Jeder merkt: Der Dichter hat
Seinen Stephen King gelesen.

… DER WAHRHEIT

Die Wahrheit ist kein lustig Ding,
Sie scheidet deine Ehe
Und sagt dir noch: Dein Ehering
War Falschgold pur. Und wehe,

Du bannst sie nicht für immerdar,
Dann hassen deine Kinder
Dich sehr und sind bald nimmer da.
Du bleibst allein, denn in der

So großen, weiten, schlechten Welt
Eint Gläubige und Heiden
Das Wort: Wer's mit der Wahrheit hält,
Den soll man ewig meiden.

... DEM PRAKTIKUM

Ein junger Mensch, nicht dumm, zieht fort,
Will lernen von Idolen.
Die sagen ihm vor Ort sofort:
»Geh Wurst und Pommes holen!«

»Was drauf?« – »Rot-weiß!« – »Oke, ich geh!«
Recht häufig denkt er: »Scheiße!«
Erst spült er ab, kocht dann Kaffee,
Jetzt schreddert er Beweise.

Nur selten wird er mal gefragt:
»Wie würdest du's probieren?«
Sie nehmen sich, was er dann sagt,
Zum in die Haare schmieren.

… FUNKLÖCHERN

Der Zug fährt in den Tunnel ein,
Und der will schlicht nicht enden.
Viel später will wieder im Frei'n
Sich nichts zum Guten wenden.

Null Netzbalken von bis zu fünf
Gereichen sehr zum Schaden:
Das Online-Reime-Lexikon
Will einfach nicht mehr aufgehn.

... BINDUNG

Weh, wenn sich ach! zwei Menschen finden
Und zügig aneinanderbinden.
Und sich vermissen, wenn getrennt,
Und wieder küssen in the end.

Und sich nach Streit zusammenraufen
Und deshalb nie alleine saufen.
Und sich, weil's ihnen so gefällt,
Versprechen, dass es ewig hält.

Und welche schon nach ein paar Wochen,
Gemeinsam Reis mit Soße kochen.
Und die wird viel zu dünn, o nein!
Kein Mondamin und Mehl daheim!

… GEWITTERN

Ihr sollt bei Donner und bei Blitzen
Nicht wie gelähmt im Keller sitzen.
Klar ist das irre, wie es knallt
Mit mächtiger Naturgewalt.

Doch lebet täglich nach dem Motto:
Es ist wahrscheinlicher, im Lotto-
annahmestübchen draufzugehn,
Weil aus dem Nichts mit hundertzehn

Ein Laster reinfährt. Aus das Leben
Beim samstags Lottoschein abgeben.
Sechs Richtige und superkrank:
Man hätt gewonnen – schönen Dank!

... SELBSTHILFEGRUPPEN

Ja hallo, ich bin Dichter und st- ***HALLO DICHTER!***
Jetzt habt ihr mir den Vers verhunzt ...

... MÄNNERN

Jetzt sind wir fast schon ganz verloren,
Es muss als Retter/in
Wer ganz genau dorthin,
Wo Tod und Hass so unverfroren

Gefeiert werden. Teilt die Kunde:
Ein Mann für sich allein,
Auch zwei für sich sind fein.
Der Kampf, er gilt der Männerrunde.

Ob DFB, ob Dax-Vorstände,
IS und Burschenschaft.
Gehören abgeschafft,
Gesprengt, gekillt, verboten – Ende!

… FRAUEN

Bald wird es einfach so passieren,
Ihm graut schon vor dem Tag.
Da wird auf einen Schlag
Die Hölle meterdick zufrieren.

Es wird ihm seine Welt verheeren,
Nicht »es«, nein: »sie«, die Frau!
Es wird der Supergau,
Kann er mal etwas nicht erklären.

Dann kann er einmal nicht beflissen
dozieren, so ein Scheiß!
Weil sie es besser weiß:
Entmannt. Sein Penis: abgerissen.

... ZIMMERPFLANZEN

Ihr Plan entstand vor langer Zeit:
Sie wollten in die Stuben.
Und irgendwann war es so weit
– ihr Grün weckte Begehrlichkeit –,
Dass Menschen sie ausgruben

Und in die Häuser brachten, wo
Sie sich heut wässern lassen.
Sie stehn in Wohnzimmer und Klo,
Sie blühen schön, verschleiern so,
Dass sie die Menschheit hassen.

Bald wird ihr Teufelsplan vollbracht,
Für den sie Kräfte schöpfen.
Wenn ihrer Ahnen Geist erwacht,
Entsteigen sie in tiefer Nacht
Den Töpfen, uns zu köpfen.

... IMPFUNGEN

Hört nicht auf scheiß Homöopathen,
Die euch von Impfungen abraten.

Lasst euch von ihnen nicht betrügen.
Sie sagen, Pharma-Lobbys lügen,

Und raten, Kügelchen zu schlucken,
Um selbst das große Geld zu drucken.

Kein Impfstoff macht euch zu Autisten!
Es sind moderne Antichristen,

Die böse sind und auch Dämonen.
Ihr dürft die Ketzer nicht verschonen!

Ihr sollt sie wie die Hexen jagen
Und für den Teufelspakt anklagen.

Die Kleider ihnen runterreißen,
Sie nackt auf Nadelhaufen schmeißen.

Dort müssen sie drei Tage sitzen
Auf 1000 schon gebrauchten Spritzen.

Wenn sie bald kränkeln, husten, zittern,
Sollt ihr mit Globuli sie füttern.

Und sollte einer überleben –
Wird ihm halt doch noch recht gegeben.

... NÄHE

Breite Schultern, nenn mich Schrank,
Riech an mir und du wirst krank.
Note von Lavendel.

Meine Stimme spricht dich an:
»Hallelujah« – was ein Mann!
Noten: G.F. Händel.

Sieh nur, ich bin wie geleckt,
Wenn du wüsstest, wie das schmeckt.
Gott weiß, was geschähe!

Blöd nur, dass ich psycho bin,
Voll verkorkst! Im Ernst: Ich spinn!
Meide meine Nähe.

… HUNDEN

Bellt, frisst
Springt, hockt
Schnellt, pisst
Bringt Stock

Riecht, leckt
Rollt, scheißt
Siecht, bleckt
Tollt, beißt.

… ENTSCHEIDUNGEN

Die Fritten heute mal nur rot
Statt täglich Pommes Schranke?
Wer Majo liebt, ist früher tot.
Ein früher Tod? Nein, danke.

Ach wo! Was ist schon einmal mehr?
Wenn ich noch mal addiere?
Ein Minus stell ich anders her,
Trink sechs statt sieben Biere.

Doch auch Entzug bedroht den Leib.
Nicht dürsten, heißt die Regel.
Nehm ich jetzt Majo oder bleib
Ich heut stabil auf Pegel?

Es
Nicht
Au

Al
Davo
Zu

ibt
chlimmeres
rden

ngst
erschluckt
erden

… SMALLTALK

Hört man nur »Hallo, ich bin …«,
Spürt man schon den blanken Horror.
Geh zum Sektempfang nicht hin!
Oder tu es nur als Schnorrer,

Der sich sieben Gläser Sekt
Plus zehn Häppchen unter Zucken
Tief in Maul und Rachen steckt –
Ohne einmal runterschlucken.

Kommt dann wer und fragt was Dummes,
Guck ganz irr und wild und toll,
Press heraus ein sabbernd stummes:
»Ffftulligung, meinff Munffd iff voll!«

… BAHNHÖFEN

Du willst von A nach B gelangen,
Doch a) es schneit, b) ist es glatt
Und obendrein dein Reifen platt?
Du musst nicht um die Reise bangen!

Geh raus, folg einfach deiner Nase.
Lass dich vom Duft zum Ziele ziehn,
Dort riecht es herzhaft nach Urin.
Da, schau! leert einer seine Blase.

Da wo er pisst, sind Automaten
Knietief im Brunz, schmeiß rein das Geld.
Der Bahnhof ist dein Tor zur Welt,
Wenn du dich traust, hindurchzuwaten.

... CHEMTRAILS

Wind Nord/Ost, Startbahn null-vier,
Schaut, wie die Turbinen glühen!
Und gleich fliegt sie über mir,
Um mich schädlich zu besprühen.

Bange seh ich ihr noch nach.
Sie macht Wetter, Impotenzen.
Unser Land liegt bald schon brach,
Jedoch offen sind die Grenzen.

Dann ist alles still, ich fleh:
Leute, wollt ihr nicht erwachen?
Die Regierung tut uns weh.
Hört doch auf, mich auszulachen!

… KLEINEN GEGENSTÄNDEN

Als Kind will man sie gerne schlucken
Und *geht* deshalb manchmal fast drauf.
Dem Kind muss man in den Mund gucken.

Und später, da *tritt* man oft drauf
Und schreit unter heftigem Zucken
Voll Hass: »Und jetzt *scheiße* ich drauf!«

... STILLE

Die Uhr ist leise und doch stets am Ticken,
Die Eltern schreien rum oder sie ficken,
Mein Brüderchen im Stockbett unten schnauft,
Sirenen draußen, weil sich einer rauft.

Was knistert da ganz leise aus dem Kissen?
Ich würde es nur allzu gerne wissen:
Was wird der Grund wohl für dies Knistern sein?
Ich schließ den Kopf ins weiche Kissen ein.

Das gibt's doch gar nicht! Ist das nicht zum Staunen?
Kein kleines bisschen knistern diese Daunen!
Da ist kein Ton, nein: Es ist totenstill.

Laut schreien will ich, doch nichts ist zu machen.
Ich muss doch hören können zum Erwachen,
Wenn ich aus diesem stummen Albtraum will.

... NACHBARN

Die Nachbarn sehen äußerst gern
In ihren Fernsehzimmern
Die ganze liebe Nacht durch fern.
Ein bläulich kaltes Flimmern

Sieht man die ganze Straße rauf
Und runter strahlen, rieseln.
Aus Schlitzen der Rollläden auf
Die Vorgärten aus Kieseln.

Wer reinguckt, schreit und fasst es nicht:
Da sitzen sie, die Sünder.
Kein Fernseh an, bös dringt das Licht
Aus ihren offnen Mündern.

… HAARAUSFALL

Wolln Sie Ihr Gesicht wahren?
Suchen Sie seit Lichtjahren
Nach der Creme für sichtbaren
Wuchs von vollen Dicht-Haaren?

Da haben wir was für Sie …

... GOTT

Fürchte Gott und seinen Zorn,
»Allah« heißt er – Scherz! Von vorn:

Gott, er peinigt uns mit Hieben.
»Jachwäh« – Äh! Wie wird's geschrieben?

Gott sieht alles, das Genie!
Gott macht Regeln, achte sie:

Jeder wird von Gott vernichtet,
Der den Esel frech bedich – – –

… VERANTWORTUNG

Weh! Die Verantwortung wirkt schwer.
Ich hab mich ehrlich übernommen,
Bin viel zu schnell zu hoch geklommen.

Uff, meine Schultern schmerzen sehr.
Jetzt ist er da: der Riesenkater.
Ich war euch echt kein guter Vater.

Mein Konto voll, doch ich bin leer.
In welche Worte soll ich's fassen?
Ihr, Kinder, seid alle entlassen.

... ÄRZTEN

Sie haben Medizin studiert,
Weil schon die Eltern Ärzte waren.
Und deren Eltern wiederum:
Auch Ärzte seit zehntausend Jahren.

Egal, wer heute praktiziert,
Er horcht durchs Stethoskop der Ahnen
Und lächelt milde, wissend stumm,
Denn schon, wenn seine Kinder zahnen,

Steht fest: Der Bub wird Dr. dent.,
Die Tochter kommt zu den Schirooschen.
Nachts tanzen sie in grellem Licht
In ihren Weiße-Kittel-Logen.

Dort wird bei Vollmond ein Patient
Erwählt, von ihrer Kost zu zehren,
Dann untersucht, geehelicht,
Um neue Ärzte zu gebären.

… KÜSSEN

Der letzte Kuss in meinem Leben:
Werd ich ihn kriegen oder geben?
Wird er dann heiß oder mehr kalt?
Bin ich dann jung oder schon alt?

Schmeckt er nach Honig oder Kippen?
Küsst sie vielleicht dann meine Lippen
Als Lohn für meine Heldentat,
Weil ich für sie ins Feuer trat?

Kommt es zum Mix von unseren Säften,
Weil ich mit ungeheuren Kräften
Von ihr die glühnden Balken hob
Und Rauchwände zur Seite schob?

Werd ich sie aus der Hölle tragen?
Wird sie mir, statt mir Dank zu sagen,
Mit Tränen in die Augen schaun
Und wild auf meinen Brustkorb haun,

Weil ich danach zusammenbreche
Und nicht mehr atme, aber lächle,
Als sie mir nah kommt. Schmeck ich Rauch?
Ich spür nur noch den ersten Hauch

Und geh in Licht und Glück und finde,
Dass das, so wie ich jetzt entschwinde,
Nah dran ist am perfekten Schluss.
Wird so mein allerletzter Kuss?

Jaja, Mensch, das sind so die Fragen …
Doch, lieber Gott, bevor das naht:
Der letzte Kuss nach Heldentat –
Muss ich echt meinen ersten wagen?

… KEIMEN

In unseren Häusern und Heimen,
Im Kühlschrank und am Küchenbrett,
Da wimmelt's von ihnen: den Keimen.

Am See denkt man sommers: Wie nett!
Doch legt man sich rein, um zu treiben,
Wird Wasser- dank Keim Totenbett.

Von dieser Wurst noch ein paar Scheiben,
Heut gibt es sie zum halben Preis.
Verkeimt ist sie und man muss speiben

Und bald ist man hin, so ein Scheiß.
Man kann es nicht oft genug reimen:
Die Keime sind Teufelsbeweis.

... EINBRECHERN

Türe: einfach ausgehebelt.
Wachhund: mit 'ner Wurst geknebelt.
Und schon sind sie drin.

Autoschlüssel: mitgenommen.
Schmucktresor: leicht aufbekommen.
Steht ihnen der Sinn
Noch nach Mord und blut'gen Händen,
Harren sie dem Heimkehrenden.
Eilen fort mit Hast
Über Berge, um beizeiten
Sich ums Diebesgut zu streiten.

Teilen erst im Knast: die Zelle.
Einbrecher: sind fies, nicht helle.

... VERBINDLICHKEIT

Wir kennen uns seit ach! gewiss zwei Jahren ...
Zwei Jahre schon? Sag bloß, das weißt du nicht!
Doch, doch. Wie schön die beiden Jahre waren!
Drum frag ich heut: Willst du – **Ich liebe dich!**

Und ich dich, Schatz, doch lass mich kurz ausreden.
Na klar, schieß los! Okay, wo war ich noch?
Zwei Jahre ... kenn ich dich und denke jeden
Ja? Tag nur dran, wie es wohl wär, wenn – **Och!**

Da fällt mir ein, ich muss – wie blöd! – noch eben
mal los. Was, wie? **Äh** ... Hör mir zu und wag
es nicht, zu reden, während ich dich frag:

Ich kann und will so echt nicht weiter leben ...
Nur Telefon, nie sehn wir uns, das quält –
Willst du ein erstes Date? **Tut-tut! Verwählt!**

... PLASTIK

Mein Häuschen ist aus morschem Holz,
Ich sitze gern herinnen.
Den Kampf gegen die Plastikwelt
Will ich von hier gewinnen.

Das Müsli trag ich aufrecht stolz
In hohler Hand nach Hause.
Und kostet es auch großes Geld,
Im Glas kauf ich die Brause.

Im Meer schwimmt schon ein Kontinent!
Ich will die Täter schelten.
Bei Plastik gibt es schlicht kein Für,
Nur Wider lass ich gelten.

Ich bleib für immer abstinent,
Auch wenn sie nach mir schicken.
Bald klopft es nachts an meiner Tür,
Mich jagen die: Plastiken.

... SAND

Er ist ja bloß ein Sediment,
Das weder List noch Absicht kennt,
Nur Sand halt.

Er wird gespült und fortgeweht,
Und liegt so wie's schon ewig geht
Am Strand bald.

Selbst Treibsand ist fast nie fatal,
Gefährlich ist allein die Zahl
Der Körner.

Denn wer die Zahl nur denkt, geht drauf,
Den nimmt der Teufel höchstselbst auf
Die Hörner.

… DEM TOD

Wer mitdenkt und ein bisschen übt,
Lernt, wie's ist, tot zu sein:
Die Luft sei rein und ungetrübt,
Man blicke dann hinein.

Der Blick träf nichts – nix wär da, nicht?
Die Luft löste sich auf.
Kein Schwarz, Azur, kein Weiß, kein Licht.
Man staunte, käm nicht drauf

Klar. Wenn man sich dann kurz vergäß,
Dann wär man zwar allein,
Doch merkte nichts, drum wäre es
Nicht *so* schlimm, tot zu sein.

… MISSVERSTÄNDNISSEN

Wenn ich dir sage: »Du sollst dich verpissen!«,
Hau mir keins drüber, du solltest da wissen:
Es war echt in Wahrheit nur ein kleiner Schers.
Man nennt ihn als Dichter klug: den Kontrovers.

… DEM ALLTAG

Dem Alltag weichst du niemals aus,
Du kannst dich drehn und wenden.
Und fliehst du mal aus ihm heraus:
Du wirst doch in ihm enden.

Der Alltag: Amtsgang, wenig Sex
Und tausend Arschgesichter.
Du bist nichts als ein fader Klecks,
Er ist dein Herr und Richter.

»Der Alltag« heißt die Alltagspest,
Kein Mensch kann sich entreißen.
Auch hilft kein Urlaub, das steht fest:
man kann ihm nicht entreisen.

... FRIEDHÖFEN

Es ist der ruhigste Ort der Stadt,
Von Mauerwerk umgeben.
Tags joggen dort vitale Leut,
Nachts bleiben Dienichtleben.

Das weiß, wer es gesehen hat:
Hier hausen Dieschonstarben.
Sie tragen graue Fetzenhäut
Und Maden in den Narben.

Nichts ahnt ein Hipster, der flaniert,
Doch gut drei Meter tiefer
Tobt Mietkampf in der Nekropol
Aus Knochenstein und Schiefer.

Tot wird genausotrifiziert:
Wer haust, wird ausgenommen.
Wer tot ist, muss zum Leben wohl
Bald auf die Erde kommen.

… DER SCHREIBBLOCKADE

Es gibt die Angst vorm weißen Blatt,
Doch Dichter haben keine,
Weil man ganz flott drei Zeilen hat
(Vers vier kommt von alleine).

... AUSLÄNDERN

Was lachen die?
Versteh ich nich!

Die planen was!
Ich sehne mich

Zurück ins Dorf!
In mein scheiß Dorf,

Ins Dorfidyll aus Harmonie,
Zu Harmonie und Kraft durch Spaß,
Zu Spaß und Freud an Sodomie,
Zu Sodomie und Rassenhass.

H

... DER VERGANGENHEIT

Die Haare gefärbt,
Den Namen geändert,
Zurückgeblickt: nie.

Ans Ende der Welt
Sehr weit weggezogen
Und Brief geschickt: nie.

Nie mehr dran gedacht,
Fast alles vergessen.
Und rächt es sich? Nein.

Paar Jahre noch so
Und kurz vor dem Ende –
Da holt sie dich: ein.

… DER ZUKUNFT

Egal, was war, es ist, wie's ist.
Es war, na ja, echt vieles Mist.
Im Rückblick war es, Hand aufs Herz,
Schon alles nur ein schlechter Scherz.

Jetzt ist das meiste gar nicht gut,
Und trotzdem fasse ich den Mut:
Es wird gewiss, so hoff ich leise,
Kein Riesenschiss, nur etwas scheiße.

… RAP

Mach mich nicht an-an, du Schwein!
Nein, nein, lass es, lass es sein.
Wie oft muss ich, muss ich's schrein?
Ficker, lass, lass mich allein.

Zieh's dir in den Schädel rein!
Ich sag's so, wie ich es mein:
Jeder Reim von dir ist Pein.
(Übung vor dem Spiegelein)

... DEM ERWACHSENWERDEN

Nun bin ich dreißig Jahre alt geworden,
Seit ein paar Jahrn verdien ich etwas Geld.
Mir bleibt ein Schulfreund, der mir was erzählt.
Ich wohne jetzt ein Stück weiter im Norden.

Hin, wo ich aufwuchs, fahr ich zu Besuchen.
Das Schöne ist: Ich fahre nicht allein,
Bin in Begleitung, eine davon klein
Und mit der andren teil ich Kaffee/Kuchen.

Es folgten mir nach drei und nach sechs Jahren
Zwei Brüder, die heut Mitte zwanzig sind.
Wir waren einmal alle zeitgleich Kind.

Die Eltern jung, und als sie sehr jung waren,
Kam ich in einem Januar zur Welt –
Mir schwant, dass all dies Glück nicht ewig hält.

… KITSCH

Ich schenke dir ’ne rote Ros,
Heut trag ich meine feinste Hos.

Ich lad dich auch ins Kino ein
Und kauf dir Popcorn: »Es sei dein!«

Ich bring dich noch zu deiner Tür,
Und leise sagst du da zu mir:

»Schön war’s, mein Herr, drum danke ich.
Die Wohnung kringse trotzdem nicht.«

… DEM FEUER

Schau tief in das Lodern! Und brennen
Die Augen auch, starre hinein,
Bis Tränen es löschen vom Flennen.

Es darf nur die Glut Zeuge sein,
Wenn wir zwei uns schließlich erkennen,
Versag ich dank drei Flaschen Wein.

... DEM WASSER

Es tröpfelt, plitsch-platsch-plätschert bald,
Es quellt und fließt und strömt und wallt.
Es nieselt, regnet, fällt von Traufen,
Steht knöchelhoch, lädt ein zum Taufen.

Es flutet, rollt heran und bricht,
Es sickert ein und zeigt sich nicht.
Es steckt in jedem Hundehaufen.
Mensch füllt es ab, um's zu verkaufen.

Es steigt hinauf, wenn's runtersengt,
Und manchmal friert es ein und sprengt
Die Brücken, über die wir laufen.
Es nimmt uns auf, und wir ersaufen.

... KONKRETER POESIE

Ich find das ehrlich tierisch dumm,
Die schreiben was und brechen’s
Um. Wenn so fünfzehn Zeilen stehen,
Kann man sich einen Baum ansehen.

Sie setzen Wörter wie’s grad passt,
Sie sind mir allesamt verhasst,
Wie sie die Regeln ignorieren
Und Lyrikpreise abkassieren.

... THEATER

Ein junger Mann krümmt sich vor Schmerz
Und beißt dann in den Boden
Und zieht sich an den Hoden
Und malt mit falschem Blut ein Herz

Aufs Bühnenbild. Nach der Aktion
Sieht man ihn kläglich wimmern
Und von den Wänden flimmern
(dank Video-Installation).

»Waaah!«, brüllt er, dass es ihn zerreißt.
Doch keiner fragt: Was soll der Scheiß?
Weil's keiner wagt und jeder weiß:

Ach! Selbstsuche, Identität.
Uff! Leben nach der Pubertät
Und an der Universität.

... ERDBEBEN

Wenn Magma- äh: -kammern erkalten,
Weicht Luft aus den Rissen und Spalten.
Die Erde bekommt einen Platten.
Nein, Quatsch, es geht anders vonstatten:

Die Platten aus Erde verschieben
Sich kräftig, wie's scheint aus Belieben.
Und wenn sie sich dabei verkeilen,
Wird jeden sein Schicksal ereilen:

Dann kommt es zu zahlreichen Toden,
Es wackelt gehörig der Boden.
Es lachen nur die Geologen:
Sie ahnten's und sind weggeflogen.

… AUSSERIRDISCHEN

Vielleicht fanden sie uns schon,
Vielleicht gibt es davon Spuren.
Vielleicht sahen sie mit Hohn,
Wie leicht doof unsre Kulturen.

Vielleicht kennen sie den Sinn,
Vielleicht sollten sie uns retten.
Vielleicht dachten sie: »Die spinn'!
Vielleicht lieber weiterjetten.«

... der Finsternis

In absoluter Dunkelheit
Da machst du keine Scherze.
Du fragst: »Wo bin ich? Welche Seit'?«
Allein in Druckerschwärze.

… DEM SOZIALISMUS

Sag, welche Farbe hat das Blut?
Gleich wie ein Kopf in böser Wut …
Der Ochs sieht __, und seinen Lauf
Hält nur ein schlichter Esel auf.

Es ist der rote Sozialist,
Dem du ein Feind und Zielscheibist.
Er will dein Auto, Hab und Gut.
Nie schön und gut ist, was er tut.

Es sei, so sagt er, nur gemein-
Schaftsdienlich – das ist glatt gelogen!
Und hat er dich erst abgezogen,

Sperrt er di in den Gulasch ein,
Um di zu köcheln und zum quäla –
Mogst net uns CSUler wähla?

... FREIEN MÄRKTEN

Das größte Übel unsrer Zeit
Ist nicht etwa die Eitelkeit.
Auch nicht die Raffgier und das Geld
Zerstören langsam diese Welt.

Verantwortlich für Tod und Qual
Ist nicht die fehlende Moral.
Fest steht, dass auch der Egoist
Nicht schuld an der Misere ist.

Es ist vielmehr die Kraft gemeint,
Die all dies Grauen in sich eint.
Wir nennen sie seit eh und je
Nur kurz und knapp: die FDP.

... DEUTSCHLAND

Deutschland ist kein Land zum Gruseln.
Schau! Es ist recht hell und klar,
Wälder, Wiesen, wunderbar!
Sieh das Treiben und das Wuseln.

Guck, wie Deutsche Brötchen backen:
Weizen, Sesam, rund und klein.
Und die Stuben hip und fein.
Hier hebt sich kein Haar im Nacken.

Trau den Augen, du kannst schwören,
Dass, wenn du nach Deutschland blickst,
Du dich sicher nicht erschrickst.

Hüte dich nur, anzuhören,
Was ein Deutscher denkt – du bangst:
So macht Deutschland nackte Angst!

... DEM FINANZAMT

Vers 1, der geht nach Singapur,
Vers 2 geht nach Bahrain.
Vers 3 und 4, die wandern schnur-
Stracks weg nach Liechtenstein.

Wer Verse in ein Buch reinschreibt,
Kriegt nämlich arschviel Geld.
Damit davon was übrig bleibt,
Schick ich's in alle Welt:

Vers 9, den deklarier ich nicht,
10 kriegt die Mongolei.
Es ist <u>mein</u> Geld, drum dichte ich
Am Fiskus dran vorbei.

... LICHT

Die Bretter vors Fenster gehämmert,
Der Wecker schrillt erst, wenn es dämmert.
Recht spät steh ich auf in der Regel.

Nie hat mich ein Lichtstrahl gefunden,
Und träfe er mich, nach Sekunden
Wär in mir ein Loch wie im Bagel.

Im Park trink ich nachts meine Biere
Statt Blut auf dem Tanz der Vampire.
Ich bin nur ein lichtscheuer Flegel.

… FLÜCHEN

Bei mir ist irgendwas verflucht,
Das ich wohl mit mir trage.
Ich hab es immer schon gesucht –
Nur was? Das ist die Frage.

Es war dabei, als ich als Kind
Verloren ging und weinte,
Als Haustiere gestorben sind,
Als erste Liebe meinte,

Sie müsse gehen, es war echt
Bei Unglück stets zugegen.
Kann ich – das wäre gar nicht schlecht –
Dies Ding nicht mal verlegen?

… HAUSSTAUB

Ich kenn dies Haus seit siebzig Jahr und Tag,
Es ist Geburtsort mir und Sarkophag.
Bald werd ich's eines Morgens nicht mehr wuppen.
Was bleibt von mir? Zig hunderttausend Schuppen

Und Haare von der Brust und aus der Scham.
Sie sind noch da, nachdem der Makler kam.
Wenn neue Mieter in der Stube sitzen,
Lieg ich bequem verteilt in allen Ritzen.

Als Asche auf dem Friedhof, und zu Haus
Leb ich als Staubmaus weiter sehr zum Graus
Der Kinder – wenn nachts Fenster offen stehen,
Dann sehen sie mich wehend wiedergehen.

… DEM LAND

Was hat das Land, was sucht man dort? Die Ruhe.
Euch Städter zieht es irgendwann hierhin.
Ihr denkt euch dumm, man brauche feste Schuhe,
Mehr kommt euch Narren niemals in den Sinn.

Die Stadt ist dunkel nachts, das Land ist duster.
Die Stadt wird ruhiger nachts, das Land ist still.
Wie war das, Städter, noch mal mit dem Schuster?
Das kommt davon, wenn man stets alles will:

Man wird euch scheinbar dulden und beäugen,
Bis euch im Herbst der Erdboden verschluckt.
Die Polizei sucht euch und fragt nach Zeugen,
Bis wer mal in der Jauchegrube guckt.

… DER STADT

Die Stadt ist groß und groß ist auch der Kummer,
Den einer fühlen muss im hipsten Kiez.
Man ist beim Metzger hier nur eine Nummer
Und nicht: »Ja mei, Herr Dings, grüß Gott, wie geht's?«

Sie geht zur Kirche, um dort still zu beten:
»O Herr, erhalt den alten Mietvertrag!«
Und mit Entsetzen merkt sie beim Betreten:
Heut findet eine Craft-Bier-Messe statt.

Nur Kinder schätzen alle Möglichkeiten,
Ein jeder Kurs ist hier im Angebot.
Nach Schulschluss haben sie noch Zeiten
Für Yoga, Englisch, Mandarin und Co.

… BEWOHNERN

Sie stelln sich vor und wirken sehr solide.
Sie garantiern: Wir zahlen dir die Miede
Und auch dem Makler seine Provisionen.

Sie schwören, niemals nachts zu musizieren
Und Mieterhöhungen zu akzeptieren.
Sie möchten gern im Oberstübchen wohnen.

Die Tinte des Vertrags ist noch nicht trocken,
Da frisst du vor Verzweiflung deine Socken,
Denn in dir hausen unkündbar Dämonen.

… GESCHWISTERN

Große Brüder soll man preisen
(große Schwestern ebenso),
Ihren Rat kennt man als weisen,
Ihre Meinung hat Niveau.

Kleinere Geschwister müssen,
Dieser Zeilen eingedenk,
Ihm zwar nicht die Füße küssen,
Doch den Dichter als Geschenk

Einmal nur nicht frech verhöhnen.
Und als Zeichen des Respekts
Dieses Buch in höchsten Tönen
Loben – *na, ich hoff, ihr checkt's!*

... EINSAMKEIT

Man kann auch Menschen um sich scharen
Und trotzdem Einsamkeit erfahren –
Soweit die scheiß Kalendersprüche.
Doch sitz mal lonely in der Küche

Für dreißig, vierzig leere Jahre
Wie ich. Ich hatte volle Haare,
Als wir dies alte Haus bezogen.
Bald hat mein Darling mich betrogen

Und ging und starb und kam nie wieder.
So gab ich auf und ließ mich nieder.
Ich hab das Leben abgeschrieben
Und nur my little game getrieben:

Ich heule, kreische, fleh um Liebe,
Bis jemand kommt, der bei mir bliebe,
Wenn ich ihn nur nicht zynisch nutzte
Und just for fun bös runterputzte.

Wer mir zu nah kommt, hat verloren.
Ich hab der Welt und mir geschworen,
Von ihrem tiefsten Schmerz zu zehren,
Will sie das fucking Fürchten lehren.

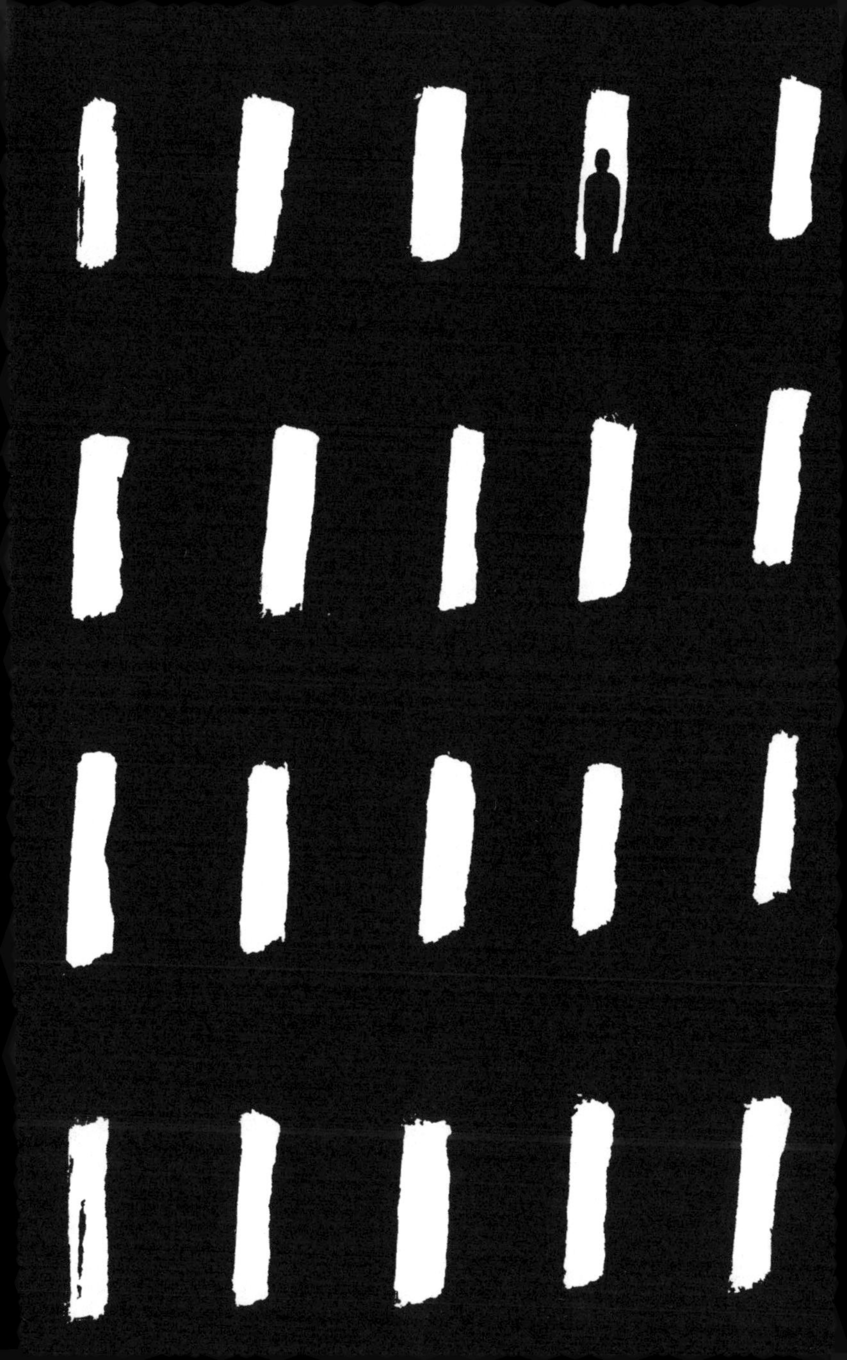

… SEKTEN

Schließt, o Brüder, alle Türen,
Sperrt die Welt vollkommen aus.
Lasst sodann die Fraun reinführen,
Besten Trank und feinen Schmaus.

Trinkt! Erzählt obszöne Witze!
Orgie heißt: Sauerei.
Rausch, Exzess, frivole Hitze –
Brüder macht euch nackend frei.

Doch bedenkt den Grund, den wahren:
Diese Feier dient als Test.
Schon seit mehr als tausend Jahren
Steht die goldne Regel fest:

»Eben warst du noch am Lallen,
Weil du dich dem Wein hingabst –
Bist als Erster umgefallen
Und deshalb: der neue Papst!«

… KNÖPFEN

Kind drückt aufs Knöpfchen und kriegt Schock:
Die Tür geht auf, ups, falscher Stock!
Schon tropft das Hosenbein.

Hochrot sein Kopf, der Dicke schmatzt,
Sein letzter Knopf fliegt weg, Hemd platzt.
Blamage, Herztod, Pein.

Du guckst erregt, sadistisch zu,
Gluckst still vergnügt auf deine Schuh:
Wie dumm sind Mann und Kind!

Nanu, auf einmal siehst du nicht
Mehr, fort ist deiner Augen Licht,
Weil sie auch Knöpfe sind.

… VERÄNDERUNG

Ach Gott, issas behämmert,
Wie siche Welt verännert.
Wo Jahr und Jahre ännen,
Bald nichts mehr zu er知道 .
Die Zeit issam verrinnen,
Dem können alle Dingers
Trotz Rückfall nich entrinnen.
Und abrupp kipps

Ins Neue, alle Sachen
Sinn anners unnes dämmert:
Da kamma, wie belämmert,
Sich keinen Reim mehr denken.

… HÖHE

Noch zwei Stufen,
Unten rufen
Zwanzig Leute: »Komm mach hin!«
Turm: zehn Meter.
Ich spring später.
Macht ihr nur, ich leg mich hin.

… VERLUST

Ich hab verlorn, was ich geliebt,
Dann hab ich's auch vergessen.
Heut fürcht ich, dass es das noch gibt,
Und bin davon besessen.

... DEM ENDE

Lass dir das Lied vom Ende singen.
Ein Schlag ans Glöckchen, horch: das Klingen
Wird leiser, doch hört's jemals auf?
Trifft dich der Schlag, gehst du gleich drauf.

Die alte Mär von den zwei Enden
Der Wurst liest du in Märchenbänden.
Doch stell dir vor, o Menschenkind,
Dass Würste endlos endlich sind.

Die Forschung sagt, das All wird sterben,
Und schweigt zur Frage nach den Erben
Des Urvermögens: Kraft und Licht.

All dies soll dich nur wenig sorgen.
Heut bist du noch und gut ist's morgen.
Hinauszögern ist dabei schlicht

Unmöglich. Füg dich, fürchte nicht!

DIE LISTE DER PHOBIEN

ANGST VOR …

In jeder Liste sucht dich heim:
'ne böse Überraschung.
Hier ist es nur ein schlechter Reim,
Doch der hat sich gewaschung.

Satz: Schuster & Junge, München
Cover: Leo Riegel
Druck und Bindung: Kösel, Altusried
ISBN 978-3-95614-319-9